HELLO ZOMBIE₂

MIMI::그림

KB191408

트레이시와 바네사의 이야기.
과거만을 걷던 소녀와 현실에서 길을 잃은 아이의 이야기.

마지막 이야기까지 들어가있는 2권입니다.
여러분의 힘으로 트레이시와 바네사는 책이라는 작은 집을
얻을 수 있었어요. 그것도 두권이나요.
페이지 한장한장 모두가 여러분의 덕분이에요.
정말 감사합니다.
MIMI::그림 올림

큰 오빠는 여동생한테 그러면 안되는 거 아닌가여?!!

울지마, 내가 경찰 아저씨를 찾아 줄게!

아아~ 넘 친절하다, 아저씨!

바네사, 내방에서 나가.

이제 베이비돌이 막 본색을 드러낼 때인데여, 트레이시 언니!

다음 대사는 '그래도 개중에..

'..넌 친절한 편이었지, 토니.'

거바! 다음 대사도 다 기억하면서!

배트맨 놀이 같이해여!

지금은 싫어.

'지금은'? 언제는 같이 놀아줬던 것처럼, '지금'?!

몰라. 내방에서 나가.

그래여! 그렇게 골방 철학자처럼 그러고 있어여!!

잘됐어! 어짜피 누구랑 같이 노는 거 나도 부끄러워서 싫어!

모래성도, 공주님 그리기도, 맨날 혼자 다 하는데, 뭐!

맨날맨날..

...

요정 할머니네 갈까!

거긴 맨날 신기한 뭐가 있는데.

할머니할머니 할머니할머..

!

할머니 나와있네?

할머니, 할머니!

!! 그래 안녕..

누구니?

바네사! 머리는 놀이가발인데여.

아하.

어디 가나여?

할머니니까 양로원 놀러 가지~

요정이 거기 가서 뭐하나여?

할머니 친구들한테 이것 저것 들고 가서 구경 시켜주고, 용돈도 벌고 그러는 거지.

잡상인.

아냐.

7

아, 할머니!! 그럼 나랑 같이 가여, 네?

네가 가서 뭐하니?

배트맨 놀이 같이 할꺼야!

내가 지금 입고있는 옷이~ 뱃맨에 나오는 '베이비 돌' 인데여~!

짱 귀엽고 사악해여!

응~ 그래?

네! 원래는 다 큰 어른인데!

선천성 전신 형성부전병에 걸려서 애기 모습이고..

가짜 인생을 살았을 때가 더 진짜 인생 같았다는 괴리감에 미치고..

파충류병 가진 남자친구도 있었고..

...

원화가인 브루스 팀은 사람들이 베이비돌을 괴상하다고 까도 멋진 캐릭터라고 했고..

오냐, 멋지다. 그래.

앙~ 나랑 놀아여!

할머니는 네 말 하나도 몰라서 못 놀겠다야!

싫어어! 할머니까지 가면 진짜 놀 사람 하나도 없단 말이에요!

놀아줄 사람? 그것만 있음 되니?

이걸로 친구 만들어 놀아라!

끄앙.

내가 만들었던 시럽인데,

무생물을 생물로 바꿔주는 힘을 가졌단다.

?

한두방울 정도 묻혀주면 뭐든 살아서 움직일 게야.

살아나? 그럼 인형들이랑 친구가 될 수 있나여?!

근데, 할머니! 여기 '090506까지'는 무슨 말 이에여?

갔네..

어쨌든 이것만 있으면 인형들하고 진짜 친구가 되는 거야!

난 사람친구도 없는데!!

언니, 언니! 내가 뭐 가져왔게!

나더러 나가라고 해놓고, 자긴 또 없네..

뭐 어때.

이제 티피토랑 끼리코랑 진짜 친구가 될텐데!

9

우리 옆집에 사는 할머니가
요정인데, 아까 밖에 나갔더니 할머니가 있어서
놀자그랬더니 요정시럽이란 걸 줬는데
그걸 인형에 바름 살아난대서

난 막 내 인형들이랑
친구하고 싶어서 발랐는데
쟤들이 막 베스랑 날
솜으로 뭉개고 먹으려고
그랬어여!!

..옆집 백돼지
할멈이 요정이라고?

흐아..

하긴, 이 동네에서
별것 다 봤으니.
그렇다 치자.

어..언니.

근데
안 화내여?

화 낼꺼야, 사이코!!
정신 피곤해서
타이밍 놓치고 있었다!

내가 고작 20분
나가있었는데,
어떻게 그 사이에
뭘 또 저지르냐!

이..일부러 그런 건
아니에여!

그 시럽인지 뭔지,
뭐 이상한 거 없었냐.
가지고 올 수 없으니..

똥갈색이고
맛은 콘시럽
같고..

'090506까지'
그렇게 써있고..

'090506'..
그럼 기한 한참
지났던 거 같아.

그럼 안되나여?

14

나한테 왜 물어.
저 인형들 꼴을 보니까
그러면 안됐나 보지만.

그럼 어떡하나여?

일단 저것들은
집에 가두고,
그 백돼지 할멈한테
물어봐.

어언니..

TAP

TAP

CHACHINNG...

음..어..

이..이러면 안되는 거 였을까?

모..몰라.

흐흑..

흑..

어.. 사..사람들한테 집에 빨리 가라고 말 좀 하고 다녀줘.

어.. 그래.

흐윽.. 흐..

야, 왠만하면 건드리지 말자.

트레이시 언니,

저.. 저기 봐여..

사람들이 인형에 막 씌어지고 있어!

꺼거거거거걱.

!

!!

너 이번 일 끝나면 인형 다 버릴 줄 알아!!

으이..

몰라여!
우리 둘 다 봉사정신이나
할머니 같은 거 없잖아여!

아, 진짜!!

방범장치.

이 백돼지..!

이런 동네에 노인정이
있는 줄도 몰랐는데..

쯔쯔..

우쯔쯔..

우쯔쯔쯔..

이 상황에서
귀여운 척을 왜 하냐,
사이코!!

난 암말도 안하고
있었는데..

뭐?

뭐지.
소리는 나는데..

우쯔쯔~

야. 잠깐 있어봐.

귀여운 척이라고? 흥!
내가 언제 우쯔쯔 이런 적
있었나..

우쯔쯔..

!

아이, 착해.

넌 어디서 온
코끼리니?

머리가
뽀글뽀글하네!
우쭈쭈!

얏, 얏! 간질간질하지?

끼드득!

KRAKK

으아악!!

야, 릴리.

트레이시!?

학교 밖에서 보는 거
엄청 오랜만이다!!

근데 내 이름은
린지..

말 돌리지마,
랜든!

멍청하게, 이게
뭔지는 알고 우쭈쭈하고
있는거냐?!

난 그냥 분홍
코끼리가 귀여워서..

21

넌 이렇게 생긴 게 살아 돌아다니고 있어도 안 수상하냐!!

아아아앗!!

끼디디딕!

그렇다고 죽일 건 없잖아!!

네가 죽을 수 없다고 다른 생물의 죽을 권리를 침해할 순..

어라?

뭐..?

그리고 외모로만 판단하면 안되잖아!

나..난 초록피부에 레즈비언처럼 입고 다니고 사회성따원 개나 준 좀비한테 전혀 편견이 없다고!

그런 애를 만나면서 엘리트주의 같은 자극을 얻는 것도 물론 아냐!!

• • •

저번에 날더러 짜증난다고 해서 많이 생각해봤어.

이젠 괜찮지?

..나 지금 엄청 참고있다..

열심히 생각한 거였는데..

야, 잠깐. 너 혹시..

이 동네 노인정이 어딘지 아냐?

22

노인정?

단풍 노인정말야?

알지! 주말마다 봉사하러 가는 덴대!

우리 학교에서 공원가는 길로 쭉 가면 나와!

그럼 멀진 않네.

너같이 비현실적인 애는 알 줄 알았어. 고맙다, 로나.

린지.

아차참.

?

까먹을 뻔 했네.

뭐가? 뭐가?

KAKKK!!

넌 정신이 없을 때가 더 안전할 것 같아.

언니, 왜 또 안 와.

요샌 맨날 한눈팔구..

한눈은 팔아도 사고는 안 친다.

악!!

언니! 뭐였어여?

있어, 좀 이상한 애. 참, 노인정 주소 알아냈다.

좋아! 그럼 빨리 가여!

가긴 어딜 가. 넌 여기 있어.

니 신경 쓰느라 머리 아프고, 어짜피 같이 다녀도 하는 것 하나 없잖아.

여긴 괜찮은 것 같으니까 짱박혀있어.

싫어!!

맨날 나만 놓고 다니고, 그러다가 안 오고!!

접때도, 바다갔을 때도 기다리라고 해놓고 해 다 질 때까지 안 왔잖아여!

나 버리고 죽어버린 줄 알았단 말이야!

...

언니가 언데드인게 기억나서 망정이지!

그리고 언니는 요정을 알아보는 눈도 없자녀!!

뭐 어때. 할멈 얼굴도 아는데, 그냥 붙잡고 따지면 되지.

24

아니야!! 언니는 데스메탈도 끔었고 설탕도넛도 안 먹으니까 할머니를 봐도 요정의 순수함을 못 알아 볼거야!!!

뭔말인데!

!!

하여튼 난 언니 옆에 딱 붙어있을 거야!

이제 안 떨어질거야!!

언니두 나 버리구 가고 그런 생각 하지마여!

아, 몰라.

그럼 떨어지지 마.

절때루!!

...

...

뒷문 가자.

넹.

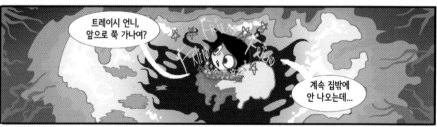

트레이시 언니,
앞으로 쭉 가나여?

계속 집밖에
안 나오는데...

흐익!!

이쪽 맞음.
그리고 좀 뛰어라.

아까처럼
안아주면 안돼여?

싫어.

양로원이랑
언니네 학교랑
가깝다 그랬쪄,
그쳐?

그러하다.

그럼 나, 언니 학교
볼 수도 있겠따!

나도 가고싶땅!

학교에는 친구도 있고,
친구도 있고, 친구들이랑
친구도 있으니까!

절대 못 보냄..

그리고 친구들이 있으면,
배트맨 얘기도 해주고,
인형놀이도 하고,
계속계속 계속속 친구 할거야!

가위 들고
설치지나 마.

그치만
안 그러면 나중에는
다 도망가 버려..

음?

27

이쪽 길.. 뭔가.

왠지 아는 것 같은데..

동네가 다 거기서 거기로 생겼으니까 그냥..

아, 돌로레스!!

마녀, '로' 말이에여! 이쪽 동네에 살아여!

그걸 어떻게 알아.

로랑 처음 만난 날에, 날 잡아먹겠다고 집으로 데려갔거든여.

그랬었냐.. 근데 뭐하나?

로네 집 찾아! 로는 뭐든지 할 수 있으니까, 이 인형들을 원래대로 돌려줄 수 있을 거에여!

사람 잡아먹는 미친 식인귀한텐 도움을 못받을 텐데.

저 집이다!

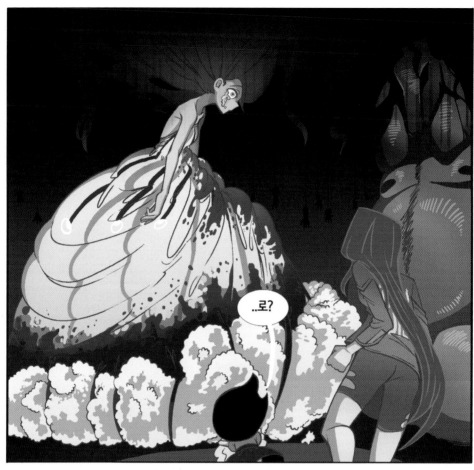

..야, 가자.

..로?

인..인형이 먹어버린 거에여?

인형? 몰라.

누가 문을 두드려서 열어 줬는데..

몰라.

그냥 가자고, 완전 미쳤잖아.

괜찮을지 몰라여. 어쨌든 말은 하잖아여. 그리고 로는 원래 미쳤잖아여.

로! 나 좀 도와줘여!

음?

지금 요정시립인가 뭔가땜에 내 인형들이 이상하게 살아나서 사람들을 막 잡아삼켜여!

로는 뭐든지 하는 마녀니까 도와줄 수 있져?

마녀? 내가 마녀?

나랑 친구니까, 부탁 들어주세여! 인형들이랑 사람들을 돌려놔주세여!

친구?

31

나 작은 친구들이 있었는데, 많았는데..

다 어디 갔지?

여기요! 친구 바네사가..

아, 여기 있지.

SCREECH

안녕? 거기선 도망 못가지?

나랑 있자, 응?

...

어..로, 그..저, 좀비, 아니 인형이..

바네사, 거기서 뭐하니?

넌 내 친구잖아.

그런데도 두 다리 다 달려가지곤..

뱃속에도 안 들어오고.

의자 가져와, 빨리!

저런 거한테 도움을 받겠다고?

뱃속에 넣으려고 했어! 날 또 먹으려고!!

인형한테 삼켜져서 완전 미쳤나바여!

저 여자는 원래 사이코였어,

너처럼.

나처럼이라고 하지마!

시끄러.

그리고 여기로 들어오는 바람에 시간 엄청 날렸잖아!

아, 언니!

단풍 양로원!

34

아야야야야야야야얏!!!

사람들은 솜뭉치가 되고,

보라고 좀!! 네가 다 저래놓은 거 아냐!!

놓고! 놓고 말해여!

난 하루종일 네 뒤치닥거리하면서 뛰고있고!

애초에 인형은 왜 살렸는데!!

나 혼자 말하고 나 혼자 놀기 싫어서 그랬다! 됐냐!!

뭐?

인형이랑 베스는 말을 안하는데, 언니는 집에 늦게 오고,

와도 골방철학자처럼 방에서 안나오고..

그..그리구 밖에 있는 애들은 어-언니처럼 영원한 친구가 아니잖아여.

넌 사이코라 그런 거 신경 안 쓸줄..

엇.

웃챠.

어..

음.

그..그래서..

내가 널 방치해서 결국 이렇게 됐다고 책임 전가하는 거냐?

...

...아, 그래. 미안. 미안하다고!!

뭐가여.

.. 배트맨 얘기 다 받아 줄테니까 앞으로 인형이니 시체같은 거 가지고 친구라 하지마.

바네..

꾹

그 백돼지..!

요정인지 뭔지.

제대로 돌려놓지
못하기만 해봐!

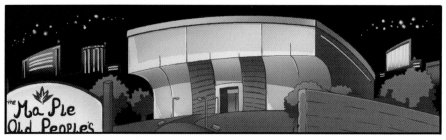

저녁 언제먹어?

방금 드셨어요.

오늘 누구 왔어?

금요일이니까 메리할머니가 오셨죠.

누구?

금요일마다 재밌는 걸 많이 듣고 오시는 착한 할머니요.

그리고 로지, 손녀랑 못본지 얼마 됐수?

삼년 됐나..

아구, 이게 뭐야?

생긴 게 꼭 할멈이 보여준 손녀 사진이랑 똑같은데!

할-할머니니

우리 리타잖아!

발레하는 것도 신통허게 똑같혀!

도도도와줘줘..

로보뜬가?

이것도 과학인겨?

그럼~ 깜찍한 과학이지!

이건 얼마야?

얼마라니, 우리 사이에!

어짜피 받을 거 잖어.

50달러.

참, 노인네들 쌈짓돈을 받음 안되는데~

백돼지!!

?

저녁 먹는다고?

방금 먹었잖아요..

너..

거기 백돼지.

요정.

요정?! 아가씨, 내 날개가 보이는 거야?

41

뭔가..보이긴 하네.

웬일이야, 아이구!

다 큰 처자가 날 알아보다니! 세계대전 이후 처음이야, 반가워!

필시 아가씨는 각박한 현실이 지옥같다고 느끼면서 신비주의적이고 허황된 환상의 현실화를 놓치 못하는, 소위 덜자란 애어른이 분명해!

시끄러, 백돼지!!

그래, 날 왜 찾지, 시대에 뒤쳐진 애어른?

거, 되게 시끄럽네!

사이ㅋ..어떤 꼬맹이한테 시럽이라고 뭘 쥐어준 것 기억하나?

음? 아하, 바네사?

그걸 바른 인형이 사람들을 삼키고 있다고. 뭔데? 기한이 지나서냐?!

어머, 내 정신 좀 봐. 그게 기한이 지났었어?

그 시럽엔 강제로 뺏은 인간영혼과, 사람 감정을 빨아먹는 독초가 들어있어서 기한이 지나면 위험해!

..요정이 영혼도 뺏나..?

구하기 쉽고 싸서..

42

43

멀쩡한 친구가
왜 이런댜.

전부
지랄병 났구만.

엄청 많네,
영감, 할멈들도
좀 도와야겠어!

다행히 재료는
얼추 있고,

악어 담즙,
아세톤, 황산..

다 죽어가는
늙은이들이랑 뭘 한다고..

어어!
막말하는 것 봐!

저 년도 지랄병..

저는 산다면
몇백년이나 산다고,
말하는 싸가지가 말야!

우리 어릴 때
그런 말 했으면 조동이를
미싱 돌려버렸을 턴디,
늦게 태어나 다행이여,
학생.

...

..그래서
뭘 어쩔건대?

곧 돌아가실
노인네들도 할 수 있는
아주 간단한 방법.

외부입력..

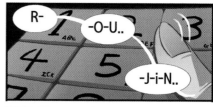

R-

-o-u..

-J-i-N..

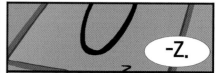

-Z.

44

해독제가
들을 때까지 머신건으로
쳐 갈기는 거지.

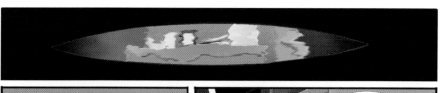

...?

여긴 어디지?

베스랑
언니는 어디..

엇!

트레이시 언니!

...

쪼끄맣고 삐쩍 마른 게
울 딸램 어릴 적 같구먼!

횟배를 앓았제!

바네사, 네 밥 주려고
가고있었는데!

할머니!

언니가 다 끝장냈어여?

무슨, 네 언니가
제일 못쌌다!

널 보니까 손 벌벌 떨고,
못하겠다고 징징대고,
딱 애어른마냥!

전쟁에 나가봤어야
총 잡을 줄 알제.

영감도 전쟁은
안 나갔잖여.

언니 진짜에여?
찡찡댔어여?

...

그래꾸나?
응? 그랬꾸나??

피곤해,
말 시키지마..

피곤하면 안돼지,
청소해야 하는데!

뭐요?

학생 때문에
양로원 다
뒤집어졌잖아!

요술을
부리면

한꺼번에
청소 ...

안돼! 그러다
요정인 게
들키면 어떡하니!

이미 실컷
써댔잖아!

소리 지르는 것 보니
안 피곤하네!

왜 나만..

어, 언니!
베스가 없어!

FIN

47

이제 세장..

평소엔 시험도
오픈북으로 보는 주제에
무슨 포트폴리오를 내라고..

주제는 더 애매하게
색감과 발상이 뭐냐.

그래도 감사 온다니까
잘리기는 싫어서 질질 짜는
꼴이 불쌍하니 해준다.

왜 저주에 걸려있다고 말 안한거야..

...

그딴 거 걸릴 일이 뭐가 있었다고.. 모든 업보는 저주가 되요.

머리로는 잊어버려도 심장은 잊지 못해서.

핏줄을 타고 영원히 돌아다니다가

결국 온 몸의 핏줄을 꼬아버리죠.

넌 뭐야?

마리포사아!!

앗, 맞아! 닭장 문 안닫았다!

티..티타니아, 죄송해요!

입만 움직이지 말고 잡아!!

50

부두교 가게.

돌팔이 사주쟁이들 때문에 안 들어간지도 엄청 됐는데..

.. 아, 몰라. 마지막이야.

이봐요, 방금 뭐라고..

네에, 손님!

쪼오끔만 기다려주세요!

누가 가게 망하라고 닭 스무마리를 풀어놔서!

원하는 아이템 있으신가요?

죄송해요, 죄송해요!

아니면 부두교를 하나도 모르셔서 차분히 설명 듣고 싶지만 사방에 닭대가리들 때문에 머뭇대고 계신가요?

저 여자가 저주가 뭐니 그런 말을 해서 왔는데.

엉?

마리포사, 그랬어?

하긴. 속에 뭔가 꽉 막혀보이긴 한데.

뭔가 살면서 점점 나쁜 수만 골라잡는 느낌, 많이 들지?

점점이 아니라 언제나 그런데.

평소에 뭔가 인간 관계에서 속으로 고독하고, 그렇지만 내색은 못하고 그렇지?

사람은 다 그렇지 않나?

연애감정이 뭔지도 잊어버려

아, 됐어. 역시 헛소리.

저 사람, 제데의 의례가 필요해요.

죽음의 르와..

안 그럼 영원히 저주를 뽑을 수 없을 것 같아요.

제데, 르와를 아네? 보통 손님은 르와가 정령이라고 말해줘도 그것까지 못 알아듣던데.

자세히 몰라. 그냥 잡지에서 읽었어.

여튼 자기는 잘 됐어. 이 동네에 진짜 망보는 나랑 마리포사 뿐이거든.

그게 뭔데.

여자 제사장. 그니까..

마리포사아! 시작하자!!

뭐? 뭘 한다고?

뭐든 말나온 김에 해야지. 걱정마, 별로 안 비싸.

여기 향수랑 음료..

뭐하는 거야, 갑자기! 난 그냥 좀 물어보려는 건데!

아씨, 분위기 탔는데..

그래, 저주에 대해 물어볼려는 거지?

우리도 정확히 뭔지는 알 길이 없으니까 제데한테 직접 물어보려는 거야.

그만해!

멀쩡한 사람한테 무슨 굿을 한다고..!

멀쩡하지 않은데요.

무엇인가가 핏줄 안에,

심장 안쪽에 꽉 막혀서.

절대 나오지 않고 몸까지 영원히 끌고 가려는 심보로.

온몸을 꽉 채워서 둘둘 말고 있네요.

얜 눈은 정확해. 보는 것 빼곤 전부 허당이지만..

쨌든 엄청 고약한 느낌인데, 대체 누구한테 무슨 원한을 샀수?

모..몰라.

사실 기억도 안나니까..

걱정마! 어차피 이걸 마시면 다 기억나게 될 걸.

이게 뭔데?

그냥 각성제..랄까?

아! 혹시 점심으로 기름진 것 드셨어요? 그럼 엄청 토할텐데!

'아야우아스카' 는 좀 세서..

근데 효과는 빨라요.

부두교에서 쓰는 건 아닌데..

...

불법이기도 하고..

...마지막 말은 잊어주세요..

부담갖지 마!

그냥 점 한번 본다 생각해!

어쨌든 시작하면 재미있는 건 왕왕 보게 될 걸.

장담하는데,

내 얘기는 재미 없어.

55

NEXT

뭔가.. 이상해.

괜히 느낌
더러운 꿈을 꿔서..

뭔 꿈인지
기억은 하나도
안나고, 뭐냐.

KNOCK
KNOCK

아가씨, 새 타월
받으세요.

고마워, 보니.

아, 정말 애도 아니고
징그럽게 왜 이러세요!

옛날엔 '뽀뽀쟁이 레드'
이러면서 좋아했으면서.

그 '레드' 별명도
언제까지
이름처럼 쓸 거에요?

그리고 아침에 어머님
오셨으니까, 저한테 평소처럼
대하시면 혼나요!

엄마 왔어?

아, 짜증..

몇시간 뒤에
사무실로 가실 모양이니까,
빨리 인사하세요.

안녕, 엄마.

61

어, 딸.

오랜만이네.

미안, 엄마가 너무 배고파서.. 기내식은 다 거지같아. 하루종일 물만 마셨어.

음, 근데 그거 내 아침인데.

보니한테 하나 더 싸라고 해. 네 밥 해줘서 밥 벌어 먹는 여자인데.

학교는 잘 다니고 있어?

그냥.

학교도 다니고, 미술 콩쿨에서 금상도 받았었고,

엄마가 징그럽게 싫어하는 트레일러 파크도 가서 티웬이랑 사진도 찍고.

음음음, 그래.

다 좋고, 바비랑 로니네 애들하고 계속 친하게 지내야 해, 알지?

내가 걔들한테 잘 보이면 엄마가 걔들 엄마한테 잘보이고..

비꼬긴, 너한테 손해가는 것도 아니잖아!

아, 알았어! 안 그래도 그것들 만나러 갈거야!

62

그제
두장 찍었고,

합치면
스물 다섯장..

티웬은 몇장이나
찍었을까.

그래도 그런
똥멍청이들 중에 티웬 같은
애가 있어서 다행이다.

앗.

레드 안녕!

쟨 정말 매일
치마만 입네..

너네 엄마 오전에
왔지? 울아빠가 그러더라.
네 생일까진 집에
있을거래?

몰라.
알아 뭐하게.

티웬은 아직 안왔어?

그게 누구야?

웬디. 이름 또 바꿨단다.

싫다, 무슨 싸구려 잡지 이름 같아, 튀려고 기쓰는 것처럼..

몰라. 난 중국이름 같아서 맘에 드는데.

어, 온다!

안녕, 레드!

바비, 로니, 테드도 안녕!

야, 기타 샀네?

절대 안된댔으면서~ 조니 캐쉬 걸로 몇곡 팅기니까 아빠가 사주더라!

그럼 이제 내가 신청하는 건 다 연주해줘야지?

싫은데, 싫은데!

그럼 우리 앨범 파토내지, 뭐.

야, 뒤에도 세사람 있어..

아, 치사해!

미아안~ 근데 니들이 식빵만큼 지루한 애들이라 말걸기 뭐하네.

그리고 너네는 우리랑 앨범도 안 만들잖아.

64

앨범? 부랑아나 검둥이들 사진만 잔뜩 찍어둔 조잡한 수첩 말이냐?

검둥이가 뭐야. 미친놈아..

그거 맞아.

모르는 사람 사진은 왜 찍고 다녀?

너같이 단조로운 애랑 놀다보니 내 인생이 자극없고 극단적으로 지루하다는 걸 깨닫는 순간이 와서 말야.

매일이 치열한 사람들을 조금이라도 보면 대리만족이 오지않냐.

그리고 좀 재밌지않아? 어떻게 매일 이러고 살지?

모르겠어, 좀 바보같아.

아~. 파파라치처럼 사진이나 찍지말고,

진짜 한사람만 좀 알았음 좋겠다. 엄청 재밌고 특이한 애로.

그치그치!

그럼 쟤들 버리고 셋이 놀텐데.

참나, 그럼 '히피데비'랑 놀던가.

그게 뭔대?

걜 왜 몰라? 엄청 유명해.

주제가도 있는데.

저녁밥이 냉동와플인 히피데비 해피데비, 교회에서 훔친 옷이라 히피데비 해피데비 기타만 있으면 해피데비 히피데비.

뭐야, 그 거지같은 건.

걘 딱 그 가사대로야.

우리랑 동갑인가 그런데, 트레일러 파크에 살고 완전 히피.

65

부두교인가 그딴 것도
막 집에 쌓여있다는데.

너네가 찾는
이상한 미친 놈 맞지?

어때?

동갑이면 빨리
친해질 수 있고..

야, 왜
거짓말 쳤어?

뭐.

그 사진!

이미 걔 사진까지
찍어놨잖아!

이거? 얘가 걔라고?
난 몰랐는데.

와, 진짜다..
진짜 히피에 마녀처럼 생겼다.
어쩔까, 레드?

진짜 만나고 싶은거야, 뭐야?
만날거면 내가 걔 출몰지 알려주고.

출몰지?

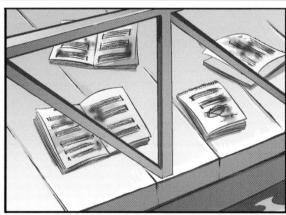

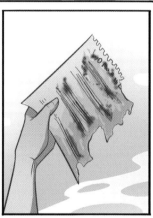

진짜네, 출몰지라더니.

?!

안녕?

...

맞지?
히피데비가 너지?

아, 너도 날
모르겠네.

난, 어..그냥
다들 '레드'라고
부르는데.

너랑 말 좀
하고 싶..
어라.

야, 부딪혔잖아! 이마 맞았다고!!

뭐냐, 벙어리야? 말을 해야 친해지고 자시고 하지.

음?

야! 하나 놓쳤다, 너!

'folsom prison blues', 이건 죠니 캐시..

티웬이 저번주에 엄청 연습하던 건데.

...

..!

너, 티웬 알아?

아니, 티웬이라 그러면 모르나? 걔 원래 이름이..

웬디 타일러.

걔 풀네임까지 알아?

아, 하긴 티웬은 기타 콩쿨에서 상타서 유명해졌으니까 뭐..

!

쟤 또..

야, 도망가지마!

나 웬디, 아니 티웬이랑 엄청 친해!

걔가 나한테 막 결혼하자고 그런다니까?

야!

야.

야.

걔가 사준 앤디워홀 밴드 레코드도 있어!

!!

그 바나나 스티커..

이크.

이제야 똑바로 보네.

• • •

앤디워홀 앨범 있다고.

빌려줄까?

야, 내가 너 잡아먹자고 따라온거 아냐!

그냥 좀 친하게 지내자고!

다른 레코드도 엄청 많아.

전부 빌려줄까?

... 그..

그..

..그 바나나 앨범..

앤디 워홀 밴드.. 아니야.

벨벳 언더그라운드..

야, 너 말 할 줄 알잖아!

못됐긴!

근데,

갠 널 알던데?
네가 기타로 상 받아서
아나 봐.

부럽다,
팬도 있고.

왠지 소름끼치면서
기분 좋은데?

히피데비가
내 팬이라니.

하! 너 그래서
아까 안온거야?

아니.. 막상 만났는데 완전
징그럽게 굴면 어떡하나?

네가 걔랑 잘 지내면
나도 만나보고!

징그럽진 않아.
벙어린가 싶긴해도.

그래도 음악얘긴
엄청 하던데.

근데 결국 레코드는
하나도 안 빌려가더라.

흐음..

THE VELVET
UNDERGROUND
& NICO

그래서 계속
만나 볼거야?

응! 계속.

왠지 재밌어질 것
같으니까.

하기 싫다아~!

시작한지 10분도
안 됐는데..

이렇게 손가락
아플 줄 몰랐어!

이것 봐,
막 까지잖아.

기타 배워보고
싶다고 했잖아.

저번 주에도 엄청
졸랐으면서..

잔소리.

뎁은 벙어리인 척 하고
있을 때가 나았던 것 같다.

이럴거면 티웬한테 배우지
왜 나한테 배운다고..

걔가 기타도
훨씬 잘치는데.

개랑 너랑 실력차는그닥 없는 것 같은데.

아냐, 아냐!!

걔는 엄청 잘치면서도 그냥, 노는 것처럼 즐겁게 치고..

뭔가..

몰라. 난 그것까진 못 따라할꺼야.

기타야 뭐 놀자고 치는 건데 다 즐겁게 치는 거 아닌가.

놀면서..

여튼, 걘 잘치긴 하는데 뭔가 듣는 재미는 없어.

역시 진골히피가 아니라 그런가!

그 히피소리 진짜 제일 듣기 싫어!

히피 아니라니까!

자기들이 뭐 엄청 순수하고 똑똑하고 그런 줄 알고,

무슨 말만 하면 정치 얘기로 받고.

진짜 싫어!

흠. 그래도 뎁이 진짜 히피였으면 더 재밌었을 걸.

그러면서 왜 히피마녀처럼 입냐고! 사람 헷갈리게.

이건 히피 스타일도 아닌데..

몰라. 아프리카 장난감 같은 것 좋아하다보니 그냥 이렇게 입게 됐는데.

야, 좀 있으면 졸업인데 장난감이 좋다고?

그냥 장난감 아니고 부두 물건들. 보이는 데로 모으다보니까..

그냥 잔뜩 쌓이고 방에 꽉차고..

.. 너 히피마녀집 구경할래?

엉?

어때?
'히피 마녀집'.

깔끔하네.

무시무시하고 우스꽝스러운
바롱삼디에는...

죽음을 피할 수 없다면
그것마저도 삶의 일부로 받아들여
즐기고자 하는 마음이..

재미없다.

뭐 마술
그런 거 없나.

제데의 능력이
'주문걸기'야.

진짜? 그럼 뭔가
주문 한번 걸어봐!

마술 한번 보자.

부두 주술 같은 거
안 믿어.

야, 안 믿는다니. 집에
한트럭은 쌓아놨는데!

어..어렸을 때는
진짜로 믿으면 뭔가
바뀔 줄 알았는데..

아니더라고.

그래도 모으던 건
끊기도 힘들고 이쁘긴 하니까..

너 목걸이
만들고 있었냐?

81

그거 안 묶어서 막 만지면 안돼!

아, 이거 뭐야! 끝에 달린 거!

완전 귀여워~!

꼬마 도깨비같아!

어디서 났어?!

그냥 기념품 가게. 이거, 안이 열린다? 봐.

오, 진짜다!!

..가질래?

어, 가질래!!

줘봐.

그럼 이렇게..

됐다.

오, 뭔가 있어보이는데? 뭔가.. 마법물건같아.

그냥 기념품이랑 나무구슬 팔찌인데 뭐.

아냐, 사실은 뭔가 있는거야.

음..

음.

소원! 이 인형이 제데 중 하나라서 안에 들어있는 약을 먹으면 일생일대의 소원을 들어주는 그런 마법인거야!

비었잖아.

아냐! 안 비었어. 이 안엔 마법약이 들어 있고, 제데가 소원을 들어주는 거야.

그치이, 뎁?

.. 그래.

좋아!

네가 말했음 진짜로 마법 걸린거야, 이거!

내가 왜?

그야 넌 진골 히피마녀니까!

으아아악!! 하지마!

그리고 히피라고도 하지마!!

그럼 마녀! 그냥 마녀!

CRACKK-

!!

?

누가 왔나?

어..엄마?

아, 그래? 그럼 인사드려야지.

아냐, 하지마!!

제발 하지마.. 제발 그냥..

그냥 암말 말고 집에 가줘, 응?

!

그래.

SCREECH

RIIP!

아, 뭐야!

문에 걸려서 뜯어졌어!!

그냥 주머니에 넣고 가야겠다.

에이..

84

안녕.

뎁!

마법팔찌
고마워!

야, 말도 안돼, 히피도 아닌 애한테 '히피데비' 노래는 왜 있냐?

모르지. 요즘은 기타만 매고 머리 좀 지저분하면 죄다 히피라고 까대니까.

에이..

하여튼 히피 아냐. 그 소리 엄청 싫어해.

집에 부두교 물건을 엄청 쌓아 놓긴 했는..

레드 아가씨!!

야밤에 몇개를 집어먹는 거에요, 살찌게!

부두 물건? 진짜?!

근데 마법 걸어보라니까 안 믿는다 뭐 그러고.

사진 엄청 찍고 왔으니까 됐지, 뭐.

뭐야.

생각보다 좀 심심한 애 같다, 힙삐뎁삐..

그러냐?

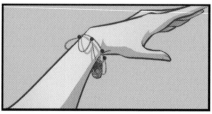

86

난 좀
맘에 드는데.

너도 만나보면
그렇게..

레드
아가씨.

어머니께서 생일파티
문제로 부르셔요.

생일?
몇주나 더 남았는데
지금 왜?

모르죠.
생각하시는 게 많은 지,
엄청 예민하시던데.

나중에
다시 할께,
티웬.

!?

네, 네.

아, 1번은 오전만
되는 거에요?

그럼 3번 메뉴로
예약할께요.
저녁 5시 부터 ..

엄마, 내 방에서
뭐해?!

뭐하긴. 네 파티
준비해주지.

너 드레스 카달로그
좀 봐 봐.

체크 한 것만 봐, 나머진 어짜피 안 어울려.

아, 뭐냐 언제적 디자인이야..

그나마 나은 거..

봤지? 그럼 그 앞에 순서대로 둔 거 확인해.

뷔페 양식,

미용실.. 장식품 대여?

내가 안 정하면 네가 돈 버는 것부터 예약까지 다 할래?

이런 것 까지 엄마가 전부 정해놓고, 확인은 무슨..

나한테 한마디도 안 물었잖아. 전부 내 스타일 아닌..

엄마, 손님목록이 이게 뭐야?! 티웬네 부모님까지 다 부르고,

김순인가 하는 이 노인네는 엄마 고객이래매!

게다가 내 친구는 그 바보놈들 합쳐도 여섯명밖에 안되고!

딸.

이건 내 생일파티가 아니잖아! 전부 엄마가..!

딸!

말도 안되는 소리 하지마!

이게 그냥 생일 파티인 줄 알아?!

그 치들이 그동안 속으로 비웃고, 무시했어도..

얼마나 잘 살아왔는지 보여주는 곳이란 말야!!

엄마를 누가 무시한다고..

남편도 없이 여자가 큰돈벌고 있으면 뒤에서 얼마나 말이 많은지!

안 그런다니까!

시끄러, 얌전히 입으라면 입고, 하라면 하란 말이야. 이게 다 누구 좋으라는 건데!!

아가씨?

전화기.

가져다줄까요? 아까 통화 끊었잖아.

그래.

CLICK

BIP

BIP

...

여보세요, 뎁?

90

히스테리.

..그랬더니 사람들이 자기를 무시한다고 막 소리지르는거야!

결국 내 생일도 엄마가 얼마나 잘 사는지 보여주는 날로 바꿨잖아.

날 무슨 메인 장식품으로 생각하는지, 참나.

그래도 너네 엄마는 널 자랑스러워 하잖아.

그게 무슨.. 앗.

없네. 야. 뭐 먹으러 갈래?

음..

하여튼, 이건 자랑스러워 하는 게 아니라 그냥 자랑이지!

자랑스러움은 마음에서 우러나오는거고 자랑은 그냥 재수없는 거고.

아니 내 말은..

어쨌든 널 보여주고 싶어한다는 거지.

흥. 그냥 없는 사람으로 치고 살았으면 더 좋겠어.

팬케익 하나.

야, 넌 뭐 먹을래?

그거 생각보다 안 좋아.

뭐?

없었으면 하는 취급. 그거 엄청 안좋아..

.. 아.

음.

그렇구나.

어..뭐 먹을래..?

별로.

...

그래.

부러워.

?

너랑 티웬이랑. 다른 사람들이.. 이런 걸 마주할 일 없이 사는 게..

밝고 멋지게 사는 거. 흉내라도 내고 싶어서 기타도 시작했던 건데..

역시 아무것도 안되나봐. 집에서 벗어날 수도 없고.

야.

야, 뎁.

93

농담이라고 빨리 말해!

아야야! 반..반은 진심!

뭐?

그런 걸 어떡해!

개는 엄청 잘 치고,

들을 때 생각없이 즐거워지고..

으, 팔에 구멍 생겼어.

흥. 직접 들은 적도 별로 없으면서!

어.. 맞아. 직접 들은 적은.. 별로 없어.

가서 쳐달라고 좀 그래봐.

어떻게 그래!!

개는 그..그.. 매일 연습해야 할 거고, 그리고.

개는 나같은 애가 있는 줄도 모를거고.. 그리고..

내가 개 테크닉 베껴서 연습한 적도 많고 콩쿨에서 쳤던 건 뒷부분 녹음해서 자기 전에 한번씩 틀어보고 하여튼 들키면 부끄러워 죽을 것 같단 말야!

뭐야, 그런 것도 했어? 완전 소름.

그..그러니까.

아, 몰라.

흠흠.

94

결국 만난적도 한번 없고,

뭐, 그렇단 말이지?

..몰라.

흐음. 그렇구나? 알겠다.

뭘 알아?

알겠다고, 자식아!

아니, 진짜로. 뭘 알겠다는 거야?

궁금하냐?

내일 낮에 다리로 와 봐. 다아 알게 될테니까.

안녀엉.

너,너,너,너!

쟤-쟤 쟤가 여기 왜 있어?!

내가 셋이 같이 만나자고 했으니까.

레드!

아, 데비다! 실물데비다! 와!!

야, 네가 나 안대며?

그래? 어?

...어..

네 테크닉도 막 연구한대. 완전 네 1호팬이야.

진짜?

내가 테크닉 같은 게 있었나?

그..절정부에서 스타카토로..

있다면 있는 거겠지, 뭐!

뎁. 뭐 얘한테 물어보고 싶거나 그런 거 없어?

그래! 난 너한테 묻고 싶은 거 엄청 많은데?

그..

너 이제 보니까 되게 이상한 옷 입고 있다?

안녀엉.

너,너,너,너!

쟤-쟤 쟤가 여기 왜 있어?!

내가 셋이 같이 만나자고 했으니까.

레드!

아, 데비다! 실물데비다! 와!!

야, 네가 나 안대며?

그래? 어?

...어..

네 테크닉도 막 연구한대. 완전 네 1호팬이야.

진짜?

내가 테크닉 같은 게 있었나?

그..절정부에서 스타카토로..

있다면 있는 거겠지, 뭐!

뎁. 뭐 얘한테 물어보고 싶거나 그런 거 없어?

그래! 난 너한테 묻고 싶은 거 엄청 많은데?

그..

너 이제 보니까 되게 이상한 옷 입고 있다?

웬일, 나 저런 진통 부두 아이템은 영화에서도 본 적 없어!

막 모닥불에서 대마초 같은 것도 태우고 그럴까?

아나! 저 목걸이도 상점에서..

와, 대박. 저건 또 뭐야?

애, 그것도 목걸이야?

어? 응.

매듭만 묶으면 끝.

그거 결국 다 했네!

그럼 이제 내 팔찌랑 같이..

완전 오래 된 구린 냄새! 멋지다!

야, 너 엄청 재밌다! 그런 얘기 못 들어봤어?

벼..별로.

왜? 왜지? 너 엄청 재밌는데?

99

애들하고 말을 많이 안 해서..

레드! 얘 네 생일파티에 오라 그러자!!

엉?

파티?

그래! 좀 있으면 쟤 생일이거든. 완전 큰 파티 할거야!

아는데 레드가 재미 없을 거라고..

그건 네가 없을 때 얘기지! 너 오면 엄청 재밌을 걸!

아냐, 오지마. 어른들 잔뜩 와서 복잡하기만 할 거라고.

아니지~. 그러니까 더 가야하는 거 아냐! 레드랑 내가 얼마나 불쌍해,

그치, 데비?

나 만나러 올꺼지, 그치?

나 그때 기타 들고 갈 꺼란 말야.

응?

그래.

우아!!

약속이야! 꼭 와!

100

네 생일, 엄청 재밌을 거야, 레드!

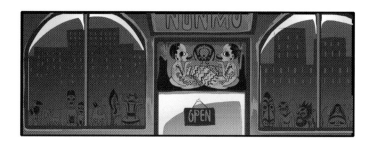

이거, 포장지로 싸주실 수 있나요?

못할 건 없지.

저..저기요.

이런 거 생일 선물로 괜..찮나요? 선물 주는 건 진짜 처음이라..

모르긴 해도 뭐든지 안 주는 것보단 낫지. 특히 생일에는.

!

파티에서
재밌게 놀고 와.

애들 다 온실 앞에 있대. 가자.

...

..솔직히 부페는 너무 수준 낮은 것 같지 않아?

맞아, 좀..뭐랄까.

아주 많이 미국식.

그렇게 외국 돌아다니면서 먹어 본 것도 없..

어머.

미안해요, 내가 실수했네.

괜찮아요.

여기, 새 수건 좀 가져다줘요.

음..근데, 이 파티엔 왠일..로?

네?

이 파티, 제 친구 생일파티인데요.

아가씨 친구라고? 음..다른 파티랑 착각한 것 아니야?

착각 안 했는데요, 초대 받았는데..

아, 왔다! 데비다.

뭐야, 우리 엄마랑 있었네?

웬디, 이 사람 아니?

웅. 내가 파티 오라고 했는데.

어머, 미안. ..하긴, 이건 애들 파티였지?

빨리 가자!

너 기다리고 있다고.

레드가 날?

레드? 아니. 걔 어딨는지도 몰라.

너 기다린 사람들이 좀 있거든.

저, 티웬. 여기 나하고 좀 안어울리는 것 같아..

그냥 레드한테 선물만 주고 갈께.

저기, 들리니? 레드만 만나고..

로니이!!

여기, 진짜
히피데비가 왔지?
그치!

아닌 것 같은데.
옷이 아니잖아.

나랑 만났을 때
입었던 옷 같은 거 왜
안입고 왔니?

그걸 입어야
다들 알아보지!

아, 그건가?

교회에서 훔친 옷이라
히피데비 해피..'

나..날
왜 애들한테..

거봐, 초대했다
그랬지? 너, 자전거
준다고 했다~!

107

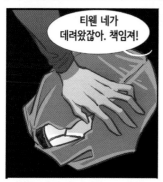
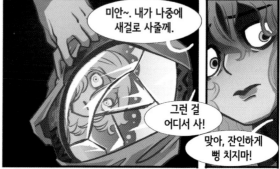

미안. 이거 완전
망가졌네.

대신 내가 너 기타
쳐 줄께. 응?

뭐긴, 이미
주제가까지 다 있는데!

네가 나 기타 치는 거
엄청 듣고 싶어했다고 레드가
그랬잖아!

?!

그럼 뭐 듣고 싶어?

...

그게 뭐야? 아, 알겠다.. 주제가?

하..하지마! 그만!

저녁밥으로 냉동와플
히피데비 해피데비-..

옷은 교회에서 가져와
히피데비 해피데비-
기타만 있으면 해피데비..

히피데비-

히피?
이 동네엔 그런 족속
없는 줄 알았는데!

교회에서.. 저거
사실이야?

사실일지도. 쟤네
엄마 완전 술에 쩔어
일도 안한다 들었어요.

그럼
불쌍한 애잖아.

거봐,
히피는 전부 상거지
아님 그렇게 보이고
싶은 머저리라고..

다 들리겠어요.

어때? 좀 잘나왔나?

응?

재밌었음 됐지.

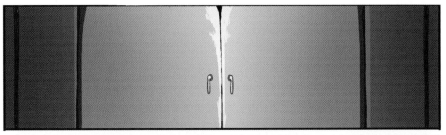

..여보세요?

... 아, 웬디가 낮에 케익사서 올 거라고?

하긴, 단짝이니까 오붓하게 놀고 싶나보지.

..그래, 자기도 어제 부페 좋았구나?

아냐, 별로 안 힘들었지. 이 정도도 못해줄까?

이것들은 뭐야?

정신없어서 못 치웠나.

거울 깨진 거랑 구슬들?

그거!

네?

그걸 굳이 가지게?

그럼 이리 줘요, 유리에 다칠..

아가씨?!

뎁!!

뎁!!

나야..!

나.. 레드..

하..

하아..

그.. 어제 말야..
난 티웬이 그렇게 이상하게 굴 줄 진짜 몰랐고,
그리고..

너 따라서 나갔는데..
내가 저번에 우리 엄마가 엄청 히스테리 부린다고 그랬잖아. 파티에 나 없으면 엄청 또..
...

아냐. 이런 건 변명도 아니고 헛소리야..

미안해.
어제의 모든 게 다 미안해. 어제뿐만 아니야.
모든 날들이 전부.. 전부 미안해.

그러니까..

입 닥쳐, 남 잠도 못자게 왜 문 앞에서 주절거려?!!
?!

재수없게 그 년은 왜 찾고..
..자..잠깐.
....?

119

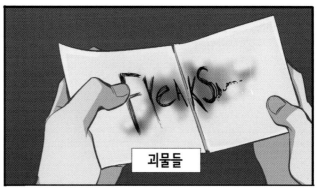

괴물들

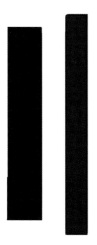

짜잔~!

또 생일
축하합니다!

뭐?

내가 부두 마술 보여줄까?

마술?

이 인형에는 말야, 제데라는 죽음의 정령이 있는데!

뭐야, 그게?

몰라, 히피한테 배웠나 보지.

일생일대의 엄~청난 소원을 들어주는 마법 가루를 가지고 있지!

야, 갑자기 무섭게 왜 그래?

그래, 온몸이 젖어서 와선..

그래서!

내가 지금 그 놈의 소원을 지금 빌겠단 말야!

난, 나는.

내 소원은..

데..뎁!

난 바보같이 네가 죽은 줄로만 알고..!

내가 죽은 걸까, 산 걸까?

분명히 넌 죽었는데.

뭐?

거울도 안봐?

1969년 6월 6일, 사랑스러운 레드..

음.. 이름란이 지워졌네?

벌써 몇년이나 지났으니 당연한가?

몇년이 지났다고?!

그때 네가 원한 거였잖아? 죽고싶다고 생각했잖아.

그으치?

그것도 웃기지. 남한테는 긍정적인 마음이 어쩌니, 행복하게 사니 그딴 말 해놓고 말야. 흐하하하하!

그날
지독하게 '레드'를
죽이고 싶어 했던
'너'지.

난 너한테,

뎁이 느꼈던
그걸 계속, 계속 느끼게
해줄 꺼야.

미친 괴물들에게 찢어지고
죽어나가고 끊임없이 조각나도
너덜너덜하게 붙이고,

그대로 계속계속
살아가며 괴물들에게
뜯기는 그런 걸,

영원히
느끼게 해주지.

내일이 오지만
미래는 절대 오지 않는 게 뭔지
너도 느껴봐.

꺄아악!! 악!!
당신들 누구야!!

누..누구긴! 저주에 대해 묻는답시고 올 땐 언제고!
.. 아. 그..그랬나?.

아아아아악!!
으악!

나 몇일이나 잠 들어 있었지?
잠들긴? 고작 3초정도 까무라친 건데.

3초 였다고? 그 모든 중이스러움이 전부 3초..
마리포사, 뭐가 좀 보였어?
그건 잘..

갑자기 쓰러졌다 일어나서..
LSD 같은 걸로 한번 더 해볼까.

나였어, 그냥 나였어.. 내가 걸었어.

다시 기억하기 싫어서, 전부 잊어버렸..
LSD는 정말 불법인데요.
괜찮아, 손톱만큼만..

생각하잖아, 닥쳐!
마약 강매상들!!

기절한 동안
혹시 어.. 실마리
같은 것 얻었나요?

아니.

그냥 더럽게
살기 싫은 이유 하나가
더 기억났을 뿐이야.

음.. 뭐 어쨌든.
시간..아니 건당 50달러씩
받는 게 우리 복채인데..

한 것도 없잖아.
돼지!!

한 게 왜 없어!
살기 싫은 이유를 기억나게
해줬잖아!

..오냐, 삶의 의지를
꺼줘서 고맙다.

오!
제발 가지마, 폴리!

네덕에 스미스라는 멋진 분도 만나고, 아빠가 백인들과 화해도 해서 정말 좋았단 말야!

이제야 모두 친구가 되었잖아!

제발 가지 마! 폴리, 시간요정!

가야만 해! 마법이 풀리면, 우린 영원히 같힌단 말야!

그래, 가야만 해. 포카혼타스..

하지만 기억해줘! 폴리의 영혼은..

너와 네 비문명인 친구들과 영원히 함께라는 걸 !

트레이시 언니, 재밌져!
응? 응?
포카혼타스랑~ 막~!!

말도 안돼.

포카혼타스는
존 롤프랑 결혼한 뒤 영국에
가서야 존 스미스를 만났어.
자길 구해준 9살짜리 인디언 꼬마가
포카혼타스였다고 스미스가
우겨댄 걸..

좋다고 그대로
뮤지컬로 만들고
앉았으니.

그러는 언니도
내 입을 두시간 막기 위해
이 개떡같은 왜곡물을
보여주고 있잖아여?

할 말없져.

어린이 여러분,
감사드립니다!

와아아아!!

바네사, 가자.

아직 안돼여! 뭘 모르네!!

원래 어린이 공연에는 덕심과 망상을 심어주기 위한 포토타임이 있단 말이에여!

폴리랑!

사진!

근데 네 카메라 내가 부쉈..

핫! 저 징그러운 것들..!

와아, 포카혼타스다!!

시계요정도!

빨리, 언니!

여러분, 안녕~!

POLLY AND INDIAN CESS

포카혼타스!!

어, 폴리는?

맞아! 폴리는?

폴리는 음..

흥, 종일 틀어박혀 퍼질러 자고 있지.

키티! 조용.

사실이잖아요! 연습 때에도, 미팅 때에도 자느라 안 나오고, 말이 되요?! 게다가 신인 주제에!

그딴 애 때문에 트리샤 언니가 주인공에서 계속 내려오는데!

나는 ,, 이제 공주 할 나이도 지났고.. 괜찮아.

언니는 공주란 공주는 다 해봤지만 난 뭐요? 진짜 짜증나..

폴리는 어딨어여?!

폴리는 없어! 대기실에서 웬 돼지만 덕후같은 가발이랑 옷 다 벗고 쳐 자고있다고!

폴리가 없어?

대기실이 뭐야?

돼지..아니 폴리가 대기실에 있대여!

근데.

한번만, 제발 한번만 만나러 가여!!

시끄..

폴리인데!!

제에에발!!! 제에에에발!!

!

무슨 일로?

애가 주연 배우를 만나고 싶다는데.

안돼요, 그런 애들이 얼마나 많은데!

거짓말! 한명도 없잖아!

그.. 그건..

맞아.

극단이 인기 없나?

아, 아냐!

폴리를 만나고 싶은 어린이의 꿈과 희망은 다 부숴버리고.

그게 아니라 팬들과 선약이..

우와, 돈 안되는 미취학 아동이랑 보호자는 팬이 아니다?

어머니 협회에 다 꼰질러야지.

아나!! 선약 없이는 아무도..

앗, 없다.

?!

폴리, 폴리 폴리..

폴리는 어디있어요?

폴리? 아, 피오나.. 주연 대기실 안쪽 방에 있을텐데..

항상 그 방에서 자고 있으니까..

주연대기주연대기.. 여기!

오오..

여기가 공주로 변신하는 방..!

아, 예쁜 화장품!

이것도! 예쁜 카드!

안에 암것도 안 써있지만.

참, 폴리 만나러 왔찌!

저 방에 폴리가..!

언니가
폴..폴리에여?

하암.. 누구?

나..내 이름은
바네사인데..

언니가 폴리였져?
맞져?

맞아. 근데 지금은
피오나 플럼..

폴리 좋아하니?

네, 그..근데 이제부터는 언니팬도 할래여!

우와, 팬..

이런 것도 되게 오랜만이야.

언, 언니.. 완전 하얗고 예쁜 거 알아여?

세수를 자주해서..

하암..

우..우리 사진 찍어여! 으, 내 카메라 트레이시 언니가 가지고 있는데!

사진? 사진 찍는 것 이젠 별로 안 좋아해.

흐으악!

꼬마 인디언들이 막 튀어나왔던 드레스!

옹? 그런가?

자고 일어나면 기억이 좀 멍해져. 세수 하면 좀 나올텐데..

안이 엄청 넓다!

아까 막 나쁜 놈들 혼내줄 때 완전 멋졌는데!

짱! 짱!

인디언처럼 치마에서 나오는 거 해볼래?

네!? 진짜여!? 할래! 할래!!

내가 이렇게 입으면,
들어가있다가 신호에 맞춰
뛰어나오면 되는 거야.

으아, 언니..
완전 친절..!

들어가 있다가..

■■■

피오나
언니?

!?

어, 언니!
왜 이래여!

뭔가가
치마를 자꾸 조여..!

KAKK-II!

거 되게 꾸물대네!
다른 사람한테
들키고 싶냐!

!

넌 또 뭐야!

그냥 애 찾는
관객인데.

요즘 인간들은
글도 못읽나, 이쪽은
외부인 출입금지라고!

저 사람들도
외부인인데.

그러니까 내쫓았지!
동태에 고추장 묻은 면상으로
우물우물, 짜증나!

단어 선택
참 섬세하다.

. . .

!!

143

!!!

치마 넓은 것 좀 봐!!
이런 옷은 어디서 사지?

....?

극장에서
입는 거야!

이번 의뢰인은
배우인가 보지.

?!!

와, 얘 츄리링
작은 것 좀 봐! 나갈 때
어떡해!!

4주후가
기대 되는데?

피 안통해서
죽는 거 아냐?

⬛⬛⬛

145

146

대체 나한테 뭘 하는 거야!!

여기 묶여서 몇주째 칼로리 폭탄만 먹이고..!

Irma LaGuerta

LAST FEED- 04:34
NEXT FEED- 05:04
FEED NOW!
CALL THE CHEF

주는대로 다 먹었잖아. 여기 다 녹화 해놨는데!

젠장, 그래!! 맛있다고!!

칼로리가 높을수록 비정상적으로 맛있다고! 멈출 수 없어! 그러니까 그만해!

아, 울지마~

여기서 보면 되게 슬프단 말야.

그래! 슬플 땐 역시 달달이지!

안돼..

부스터어~!

냐야, 이브!!

147

148

멜트..다운.

원자로의 내부가.. 아니잖아, 이거.

야, 왜 컴퓨터 내주고 있어..

아이가 유괴 되었다고 해서..

뭐하는 것들이야..

뭐!! 그럼 여기서 키보드 잡고 있을 게 아니라 빨리 경찰서에 가야지!!

음?

난 경찰서 못가. 없는 신분이라.

그게 무슨 말이에요! 빨리 신고해요!

도와주고 싶으면 '멜트다운'이 뭐하는 회사인지나 알아봐.

멜트다운?

무슨 화학회사인가?

청부업자에요.

!

화학회사가 대체 뭐냐..

적을 완전히 없애버리고 싶은 사람들이 찾는 곳.

배우나 모델들에겐 악명높죠.

멜트다운에 누군가를 지목해서 의뢰하면, 그 사람은 200KG은 넘게 불어서 돌아오죠.

의뢰인에겐 불어가는 과정을 찍은 테이프와 비포/애프터 사진집을 보내주고.

맛있는 컵케익 세트를 서비스로 주죠.

그 사람들이 왔다는 건..

왠지 피오나가 안보이던데..

대체 그런 의뢰를 왜 하는 건데? 무슨 의미야!

어떤 사람들에겐 죽는 것보다 추해지는 게 더 굴욕이고 손실이니까요.

단순히 라이벌 의식을 넘어서..

완전히 끝장내고 싶은 상대라는 거에요.

FIONA PLUM

.. 다행히 아직 아무도 없다!

오는 동안 묶인 사람들을
서른명정도 본 것 같아..

.. 그리고 솔직히
배가 너무 고파서 그 사람들이
부러워지기 시작했어.

위험하다.

언니!
피오나 언니이!!

응?

아..어디서
달콤한 냄새가.

언니 여기 좀 봐여!!
지금 언니 갇혀있어!

어. 진짜다. 우와..
폭신폭신.

기다려요! 내가
창문을 깨줄께여!

TUPAKK!!

TUPAKK!!

와,
엄청 단단하다아.

그렇게 넋 놓고
있지 말고
좀 노력해봐여!!

뭘 단단하다야!!

아앗!!!

151

아, 세수 할 시간 지난 것 같아! 피부 막 갈라질텐데..

지금 피부가 문제가 아니라 너 곧 감금돼지 되서 입천장에 여드름 날 때까지 기름덩어리 먹게 생겼다고!!

?!

45번 방에서 아기돼지 발견!!!

하하! 바보! 방들은 전부 녹화중이지롱!

우리 고객님이 소중하게 의뢰한 사람을 막 빼돌리려고, 그럼 안되지!

고객..

마이크 이리줘, 이브.

알았어, 부스터!

-후.

!!!

...47번.

안녕, 아기돼지?
기름덩어리 전문 요리사,

부스터
플라레온이다.

이 저체중과대두..

감히

내 음식을
먹는 영광을

'감금돼지' 라고

표현했겠다?

난 원래

무우우지
관대한데 말야!

!

끄으으..

내 디저트에
알지도 못하면서
씨부리는 것들은!

진짜로!
몸뚱이부터 영혼까지
찢어 죽여버리고 싶어!

하지만
생각해보니 그럼
안되잖아?

제발로 걸어온 귀여운
아기돼지를 그냥 죽여주면
아깝지, 응?

축하합니다~!
더블돼지!

저기, 여기
욕실 어디 있나요?
세수 좀 하고
싶은데..

154

피오나 플럼은 두달 전,
갑자기 이 극장에 나타났어요.

50년대의 전설적인 아역배우-
프리실라 리치를 닮은 이목구비로
일주일만에 무대에 올라서더니..

지금은 극단의
거의 모든 주인공을
맡고 있죠.

비슷한 또래의 배우들이
전부 질투하고 싫어할 걸요.

특히 파랑이..
아니, 키티가.

어쩔.

그건 네들 사정이고.
난 짐덩어리나 데리고
집에나 가면 됨.

155

젤리+과즙,
젤라틴..

크림 가볍게..
역시 좀 과했나..

못 먹겠어..

못 먹..

못 먹긴,
왜 못 먹어!!

그치만, 이젠 진짜
꿍아도 설탕크림으로 나올 것 같고,
뱃가죽 두꺼워지는 게
느껴지고!

적어도
옷인지 방석인지,
이것 좀 벗겨줘!
너무 껴서..

절대 안돼!!

난, 달콤한 색감과
이미지가 없으면 아이디어가
안 나타난다고!

벗으려면
네 살가죽까지 다 벗어!

... 보라색에 딸기..
블루베리랑 딸기로 해볼까?
딸기 버터 크림 을 만든 다음,
초콜릿 스프레드를..

..살 엄청 찌게따..

닥쳐! 살이 어쩌고,
칼로리가 저쩌고!

그런 사소함 때문에
맛의 전체가 무너진다고!

어짜피 여기
음식들은 살찌라고
만드는 거 잖아여.

뭐..라고?!

158

내..디저트가 고작 남들 살 찌우는..

돼지 사료라고 생각하나 봐?

난 말야~ 입안에 쏙! 들어가는 천국이란 목표가 있어.

그래서 제과를 시작했지.

근데..

너같은 놈들이 살이 어쩌고 하면서 안사가니까..!

이딴 짓으로 돈 버는 거 아냐, 이 돼지새끼야!!

부스터! 나야, 이브.

!!

음.. 47번방에 새로 온 여자애 있잖아.

이름이 피오나랬나, 여튼.

이상해, 엄청 이상해! 이리 내려와봐!

..알았어. 기다려.

내가 올 때까지 찹쌀떡이랑 남은 음식들 다 비워라.

!!

SLAM!

...

저 통로로 음식을 보내는 것 같던데!

피오나 언니 방도 연결 되있을거야!

하지만 먼저 이 방석부터..

벗어야 해!

THUMP!!

!!!

양손의
자유!!

양발의
자유!

피오나 언니,
기다려여!

아, 기름기
줄줄!!

..봐바!

확장 투입구로
엄청 먹였는데도,
무게가 전혀 안 늘어!

피부 유분 수치도
안 늘었고!

무슨 부폐인줄
아는 지, 자꾸 다른 건
없다고..

독한 돼지.

하지만 그래봤자
돼지는 돼지.

위에서 레시피
엄청 만들었지, 그치?

대충.
따라와, 보여줄께.

와,
신메뉴!!

splat..

SPLAPP!

우와. 안녕,
바네사?

너 엄청
기름 져 보인다.

피오나
언니!!

내 위생상태는
관심 끄고 집중해여!
여기서 나갈 꺼니까!!

나가는 거야?
아쉽다,.

이 통로로
올라가면, 이 방을
나갈 수 있을 것 같아여!

미끌거려서 가기 싫어.
세수도 못했는데.

아, 제발!
확 놓고 가버릴까보다!!
공주 놀이는 무대에서만
하라고!!

온몸에
기름 반질반질.
씻고 싶다아.

162

..지하에 본체.

전부 무너졌거나 무너지는 중인데.

.. 여기 말고 딴 공장 아나?

..번..탈출.

47번..

47번 수용인 탈출.

47번 수용인..

아래! 이 파이프 바로 아래에 있어!

염병, 어떻게 내려가냐고!!

파이프 그대로 타고 갈 수만 있다면..!

..할 수 있을 것 같은데?

BIP!

준비 하시고~

아프지 않다..

...
안아파야할거다애초에이사이코는
10분만눈을떼면살인을하질않나유괴를당하

쏘세여!

아!! 염병!!

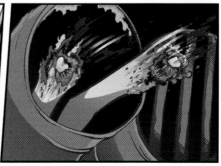

..후.

가볼까.

이게 병신짓이
아니었길 바란다.

아,
기름 범벅!

피오나 언니, 빨리 좀 뛰어요!!

발바닥이랑 온 몸에 기름이 묻어 미끌미끌해서 기분 나빠.

그러니까 빨리 탈출해서 집에서 따끈하게 목욕이나 하자구요, 빨리!!

앗.

저쪽!! 저쪽이야!

?!?

여기서 나는 냄새, 맞아!

어, 언니?

이, 이쪽 길 맞아여? 출구 찾은 거에여!?

맞아, 여기야!!

코옥.

커헉..크으..

어..언니!!
이제 보니 팔은
왜 이러고 왔어여!

붙이거나 수습 할
겨를이 있을 거라
생각했는데..

안돼, 싫어!
누더기 언니..

망, 망했!!

..죽은거야,
산거야..

무슨 괴물인지
몰라도..

티끌 하나 없는
내 회사를 더럽히다니,
이 돼지들!!

!!

티,티,티..!

티끌 없긴,
김정은
살 빠지는
소리하네!!

사람들을 가둬다가
억지로 살찌우는 걸로
돈 버는 주제에!!

!

참 순결하고
윤리적인 부엌이네!

천국의
디저트라고?!

기름 줄줄
당뇨덩어리!

기름 줄줄..

아냐!!!

완, 완벽한 디저트를
완성해도 그놈의 칼로리,
칼로리..!

아무도
먹지 않으려 해..

다들 그렇게 맛있다고,
멈출 수 없다고 해놓고!

아무도..

처먹을 생각을
안한다고!!

나는
먹을 거예요.

!!

칼로리가 뭔지
모르겠지만..
난 맛있지 않으면
삼키지 않는 성격인데,

아가씨가 만든
케이크랑 과자는 전부
먹어버렸어요.

계속, 영원히 먹고 싶어요.
가지고 싶어요.

매일..

천국을 머금고
싶어요.

...부스터?

..
나..남이 천국 같다고
말해준 건 첨이야..

170

..분,분위기가 엄청
호모애매해졌따..

이런 건 그만두고,
내 요리사가 되줄래요?

...네..

네?!

부, 부스터!
우리 해..해고야!?

와아, 잘 됐다!
그치?

어.. 그..그럼 우리
집에 가도 되나여..?

앗, 뜨거!!

순간 접착제니까!
엄살은.

171

빨리 오른쪽도 줘여!
그렇게 팔은 왜 짧랐어!

그래, 내가
등신이다..

.. 전 여기서
내려주세요.

?

여긴
극장인데여.

꼭 해야할 일이
있거든.

안녕, 포카혼타스.
아니, 지금은 트리샤..

!!

안, 안녕. 피오나.
늦게까지 남아 있었..네.

내가 그렇게
미웠어요?

172

그곳에서 '고객'이니 '의뢰' 이야기를 들었을 때 트리샤 밖에 생각 안났어요.

키티나 다른 사람들은.. 그런 기분까진 모르니까요.

날개를 펴본 적도 없는 그저 그런 구더기들은.

점점 추락해가는 나비의 비참함을 절대 이해 못해..

난..난 그냥 프리실라처럼..

내, 내 영웅처럼..

그렇게 영원히, 탑으로.. 아름다운 공주로, 주인공으로..

알아요. 너무 잘 알아.

피오나도 프리실라였을 때가 너무 그리워.

참 개같아. 은막 위의 천사, 큐피드라며 떠받들어 줄 땐 언제고..

다른 대체품이
나타났다고,

유행이 바뀌었다고,
마치 물건처럼 버리지.

그 모든 헛소리 중에
가장 재수없는 이유가
뭔지 알지?

나이가 들어
늙고 추해졌다는..

그 소리만큼은
다시는.

다시는 듣고
싶지 않아.

FiN

"폴리'가 친구들뿐만 아니라 어른들에게 인기 있다는 것 혹시 아니?

네!

진짜 진짜 좋아요! 그니까, 폴리는 날 보고 만든 거 잖아요!

그런데 지금은 나도 폴리죠!

가끔 사람들이 '프리실라'를 좋아하는 걸까, '폴리'를 좋아하는 걸까, 헷갈리지만..

어쨌든 모든 사람이 좋아하는 '폴리' 프리실라, 나는 주인공이에요!

프리실라 리치.

Once Upon a Time

5살의 나이로 '폴리'의 모델이자 주인공으로 시작해, '은막 위의 소공녀'였던 소녀.

프리실라는 그 타이틀을 소중히 지키며 사랑 받았고..

마침내 1954년, 13살의 나이로 연기생활의 정점을 찍었습니다.

하지만 그것이 프리실라를 옭아맸죠.

그녀는 더이상 '소'공녀가 아니었지만, 영화계는 '은막 위의 소공녀'를 놓아주지 않았습니다.

소모적인 영화에 거듭 출연하던 그녀는 대중들에게도 멀어졌고..

악명 높은 괴작, '피오리몬드 공주'를 끝으로 쫓겨나듯 은퇴.

..6년 뒤, 30세 생일에 유서와 같은 일기를 남기고 사라졌습니다..

하지만 그녀는 영원한 '은막 위의 소공녀'로..

178

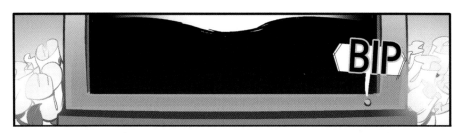

텔레비젼.

POLLY and Mystery PUPPY

이제와서 엉엉 우는 척. 재수없어.

'프리실라'를 죽인 게 누군데.

흑..흐윽...

조용히 해줘.

남에 집에서 그렇게 우는 거 아냐.

스트레스 받아서 얼굴 갈라지려고 하잖아.

내,내,내..

내가.. 내가 왜..

뭘 잘못했냐고..

우,우..

우, 우리 만난 적도 없잖아요..

잘못한 거 없어. 너도 나도.

그냥
네가 필요해.

'마법'이라는 게,
생각보다 완벽하지
않아서 말야..

짜증나게.

무슨 말.. 모르겠어.
내가 뭘 했길래..

잘못 한 것
없다니까?

단지 너는 '조연'이고,
난 '주인공'이기 때문이야.

못생기고, 밋밋하고,
별 이야기가 없는 조연은
언제나 주연을 빛내기 위해서
존재하지.

최악의 이야기에서도
난 언제나 주인공이었어.

넌?

흑..흐윽..

모르겠다고..!

미친 소리..!
꺼내달라고!!

거봐.

안녕, 프리실라.

안녕, 피오나.

..마녀가 되면 프리실라로 완전히 돌아갈 거라 생각했는데..

생각보다 엄청 귀찮지?

완전히 돌아갈 수 없어. 왜지?

왜 몇일마다 갈라지는 얼굴에 피떡칠을 해야하지?

악마와 계약을 한 죄로 '불완전함'이란 벌을 받는 걸지도!

시끄러!

지겨워, 내가 뭣 땜에 이 웃기는 마녀짓을 시작했는데!!

바보, 마녀짓도 이제 끝났다고! 거울 좀 봐바!

...?

...?!

이곳만.. 이 자국만! '그때'의 피부야.

'그때'의.. 프리실라의 피부..!

어제 까지만 해도 없었는데..? 어제..

NEXT

187

언니, 가을 축제인데 넘 죽치고 앉았다 생각 안해여?

너 쥬크박스로 지미 핸드릭스 들을래,

음악인지 기계음인지 분간도 안되는 mp3로 들을래?

쥬.쥬쿠박쓰..

그럼 집중하게 죽치고 앉아있어.

..락은 수록 안했는데.

!

후오! 싸구려 깜짝열차!

나 저거 타고 와도 되여?

the NIGHTMARE

..언니야!

BANG!

간다!

BANG!

간다고!

아자씨!

아..

공포..아니 악..악몽열차입니다. 어서오세..

닥치고 내 돈 받아!

짐은 바구니에
넣어주세요..

바구니가
어딨는데여.

탑승시간은
7분입니다.

안전벨트
꼭 매주세요.

안전벨트
없는데여.

악몽을 현실로 만들어주는
무시무시한 여행..

어.. 시작합니다..

그와앗.

당신은
이제 내것이야!

저 계집을 죽여라!

생각했던 것보다도
싸구려 같은데..

!?

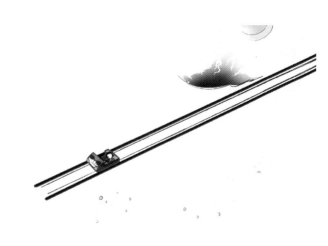

?

왜 아무것도
없지?

WORLD'S
BEST
FRIEND!

!!

너 뭔가
이상한데..

어?

뭐, 뭐지,
베스..?

다리가 생겼어.

끝!

무슨 말이야?

베스, 너 어디갔어?
안에 있어?

...

네 베스는
이제 없어!

원래부터
없었지.

안,안돼.

하지마,

가지마..

..없으면 난,

나는..

아무것도
없는데.

악몽열차 관람시간이
끝났습니다..

감사합니다..

소지품 꼭
챙겨 돌아가주세요..

축하드립니다!

CHALLENGE
TO
300000

30만점으로
쥬크박스의 주인이
되셨어요!

여기 싸인하시고~
기념사진 몇방..

시끄러.

안녕, 울애기!
뽀송뽀송하니 이쁘기도..

언니.

!

...

많이 죽였네..

이 동네 사람 죽이러 왔나?

...하긴. 알 게 뭐야.

자기가 죽이겠다는데.

바네사아~ 안녕! 점심시간이라 잠깐 놀러왔어!

...

..문 잠궈 놨었는데.

마녀한테 자물쇠는 소용없지롱~!

자~. 샌드위치 먹자! 쿠바풍으로 해줄께.

...

그러고보니 베스는 어디 갔니?

?

♪

..하아.

흐하하하!

하지마!

짜증나, 집에 갈꺼야!

뭐야! 선장이 없음 어떡해!

맞아! 가지마!

?

아무튼 갈꺼야! 안놀아!

삐쟁이! 뚱땡이! 가!

다른 애랑 놀면 되니..

까..?

나, 나 다른 사람이랑
놀아본 적 없..

어! 어, 선장님!
우리 바다에 너무
오래 있는 거 같아요!

선원들이 서로
잡아먹어요, 선장.

?

?

비밀지도를 읽어줘요,
선장님!

이거 선장님만
읽을 수 있대!

어어! 저길 봐!!

바다 인어다!!

비밀지도를
다시 숨기려 온 거야!

어떡해요,
선장님!!

감히 '눈알수집가'
선장에게 덤비다니,
해물주제에!

너희들이 '죽음의 섬'으로
간다는 걸 알고 있다.
탐욕스런 인간들!!

흥, 우린 단지
이교도들의 황금과 토지 계약서가
없는 땅을 노릴 뿐이다!

탐욕스러워!!

으악!!

선장님!
바이킹 최고전사가
갈께요!

저 생선을
손질해버려!!

으야앗!!

냥.

204

그아아아악!!

선장님이 날 구해주다니!

안심 하지마!!

폭풍이 온다!

전투는 지금부터 시작이야!

..그래서 배가 반토막이 났어!

안돼! 우리 다 죽어!

괜찮아! '흰고래 눈알'이 있잖아!

으앗, 아하하하!

그리고, 그리고! 심해에서..

그래서~ 마법 황금을 찾았대!

우와!! 이제 이걸 남프랑스로 가져가서, 제독에 면상에..

아!!

나 배고파!

나도!

응.

밥 먹자!

나 봐주는 언니가 새로 왔는데, 요리 되게 잘하고..

나도 밥?

응!

친구는 같이 먹는 거 잖아.

치, 친구!

그래, 밥 먹자!

밥 먹으면서 폴리 보자! 비디오 엄청..

잠깐만, 비밀지도..

주머니에 넣고!

알! 바트!!

물 안닦고 카펫 위에 있으면 나 혼나!

맞아~! 트레이시 언니한테 걸려 봐!

벌로 저녁밥 지우개랑 현미밥 먹어야 해!

또 그것도 화장실에서 밥 먹어야 하고~!

또,또,또!

티비도 하루종일..

베이비시터 언니!

배고파요!
샌드위치 해줘요!

안돼, 사..!

..티!

아, 슈발리에.
또 여기냐.

맞아,
바네사.

내 부엌,
내 놀이방.

... 그래, 나랑 사티랑
전부 끓여먹고 구워먹고
맘대로 해.

뭐?
아냐, 너는 아냐.

...
지금은.

어쨌든.

너하고 난
비밀 친구잖아, 바네사?

친구가 생기면 완전히
가져 버리고 싶어하잖아?
너도, 나도.

그랬는데,
왠지 이젠 아닌 것 같아.
슬퍼.

친구 베스도
어디 있는지 신경도 안쓰고.

바네사, 알지?
우리 같은 사람들은, 마녀는
절대, 절대 사랑받지 못해.

가장 사랑하는 것들에게
버림받고.. 주인 잃은 개새끼처럼
기다리고 원망하고 그리워하다
곪아 터져서 결국 인정하지.

나에겐 아무것도
안 남았다는 걸.

난 마녀가 아닌데여.

아직은
아닌거지.

..미친 소리
씨부리는 것 보니까
내가 아는 로는 맞네여.

원하는 게
뭐에여.

별 거 없어.

평소 하던 대로 해.

211

세 귀염둥이에게.

자, 하자.

시, 싫어..

싫어? 비밀 친구의
부탁인데?

친구잖아,
바네사?

..아냐.

첨에도 날 잡아 먹으려고 했고,
안먹는다고 했으면서 툭하면
또 잡아먹으려 하고, 내, 내 친구들을
짤라버리라고 하고..

거짓말쟁이는
로야..!

그래서, 우리 둘이
친구가 아니라고..?

베스도?

베스는
없었어여.

첨부터 암것도
없었어..

내 말이 맞지?

진짜로 사랑받지
못한다고.

거짓말쟁이 배신자
귀염둥이 바네사..

처음에 만난 날, 실수 하지 말고
널 빠테로 만들었어야 했는데.

그랬으면
행복하게, 아주 행복하게
끝날 수 있었는데.

친구로.

다시 친구하자.

어려운 것도 아니잖아?
이전처럼 모두모두..

... 하지만 이젠
네가 대답을 못하네.

우리는
같다고 생각했는데..

하지만 결국
너도,

다른애들이랑
똑같아.

처음부터 끝까지.

215

아냐, 친구야.

뭐?

217

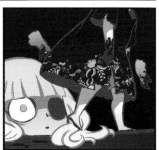

FIN

219

221

다했다.

?

음..

어..

바네사. 얼굴
까진 건 어때?

몰라여.

'폴리'
시작 할 시간인데.

글쿠나.

냉장고에
스테이크 있는데
구워줄까.

아녀.

...

...

그래.
오늘 리틀 아이티에서
시장 여는 날인데, 구경갈래?

아, 몰라.
대답하던 말던
데려간다, 사이코.

끄아!

야. 망고 바나나가 괜찮냐,

자몽 바나나가 괜찮냐?

몰라여.

허무하니까 싫은거다.. 허무허무.

저씨..

그냥 둘다 줘요.

어머!

또 만났네, 언니!

그아악!

CHAP★

뭐야!! 당신 뭐야, 여자치한!!

인사도 못해.

저번에 내 가게로 뛰쳐 들어왔던 언니 맞지?

티타니아.

앗.

..이건 마리포사.

224

앤 뭐야?
동생?

안녕!

되바라진 것.

그때 이후로
뭔가 나아진 게..

없네요.
그렇네요.

기분 나쁘게 남의
속 훑어보지마.

하긴, 그러니까
이 동네에 또 왔겠지,
에..이름이..

트레이시
펠튼.

그리고
뭔말.

흐억.

언니 덕분에 생긴
새상품이 얼마나 많은데!

봐바.

검증은 아직
쪼오끔 부족하지만..
이대로도 괜찮아!

225

별 잡것들.

어쨌든 언니 덕에 탄생한 것들이야!

잡것이라니, 저번에 확실히 효과를 봐놓고 딴소리..!

천연재료로만 만들었어요!

페요테 선인장이나, 양귀비..나팔꽃..

원가가 높아졌죠.

어쨌든 효과있다는 말이야!

일단 이 약술이나.. 경단부터..

싫어, 뭔 줄 알고!

....?

아, 그거.
마법거울.

뭔대여.

자기의 다른 모습을 찾으면
현실의 내 모습에서도 잘잘못이나
죄의식 같은 걸 덜 수 있을 거라는..

뭐 그런 생각에서
만든 물건이에요.

...좀 이기적인
물건 같지만.

잘못한 거를
다 용서 받을 수 있나여?

다 용서 받냐고여!

어? 아니, 몰라.
그리고 그런 말 안했..

이거 어떻게 하는 거야?!
빨리 말해!

그냥 거울 앞 대야에
얼굴을 처박으면 되긴 하는데..

그래..!

227

228

229

230

해결하곤 별개로
그냥 죽이고 싶다.

난 항상..

해결이 아예
없는 건 아니에요.

맞아.
극단적이고 정확하지
않은 방법이지만.

거울속엔 한명만
들어갈 수 있게 만들었어.

새로운 누군가가
들어가면 먼저 들어가 있던
사람은 튕겨 나가지.

그걸 어떻게
이용하면..

..아마..그러..겠죠?
사실 미완품이라 우리도..

닥쳐.
쓸데없이 친절하지마.

애초에
이 거울은 무슨 구조인데?
뭘로 만든 거냐고?

'매직'일까나?
알아 뭐하게.

하긴.
애 나오면 네놈들이
끼고 살지만 말아라.

뭐?

뭐냐니.
애를 어떻게 마약상한테
맡기냐?

아니 그 말 말고!
그리고 마약상 아님.

뭐 하려는 거야?
들어가려고?

방법이
그것밖에 없대매.

그.. 그런 것
같긴 한대.

저 안에 들어가면
다신 못 나올 지 모른다니까?
'다시는' ! 영원히!

적어도 우리가
고치기 전까지.

거 좋네.

나 그런 거
익숙하거든.

내 이럴 줄
알았지.

안녕, 레드.

닥쳐.
너 뎁 아니잖아.

!

236

안 속네.
그럼..

안녕, 레드!!
난 어때?!

어짜피 거기서
거기인데.

어디 지껄여봐.

네가 얼마나
개떡같은 인간인지..

아, 시끄러.
그거 땜에 온 거 아냐.

맘껏 떠들어.
영원히 들어줄테니.

!

재수없어.
지가 무슨 대인배라고
아는 듯.

지가 얼마나
말종인지 반백년이나
지껄였을 주제에.

근데 뭐야?
아무 의미 없어!

이미 뎁은 없고,
너 때문에 없고,

사과받을 사람이 없어진
사과는 바다에 뱉은
가래만큼이나 의미가 없어.

네년 만큼
의미 없어.

알아.

쨌든 여기 있을 꺼야.

혼자.

'혼자'?
웃기지마.

너같은
괴물 놈들에게 도망쳐서
여기 눌러 앉는다?

절대로 절대로
편하게 못있어.

아깐 자기가 대신 들어간다는 생각이 너무 강했잖아요.

다른 맘을 먹은 사람이 들어가면 다를지도.

...

...잘 알지도 못하면서 애 마음 흔들지 말고 닥쳐라.

다 들었어!

나 언니한테 갈꺼야! 확실하던 아니던!

어짜피 아줌마들도 아는 게 하나도 없고!

...

정곡.

언니..

트레이시 언니하고..

언니하고 꼭 집에 갈꺼야..!!

끝까지.

끝까지
내려가봐.

어디까지
떨어질지 궁금하..

!?

풍덩..?

들..들어갔다..

..들어왔다.

또..

친구다!

친구가
왔다!

하자!

친구 하자!

냥?

지겹다고!! 그만해! 끝내라고!

왜 나한테 화내..?

난 이미 죽었다 이거지? 응?

넌 새파랗게 살아있는데..

아, 그래!

죽여! 죽여!!

그만하자고!

시른뎅~.

다 알면서 왜 그럴까?

내가 왜 이러는지.

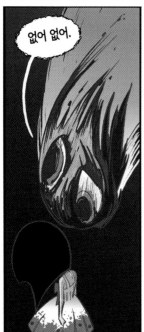

247

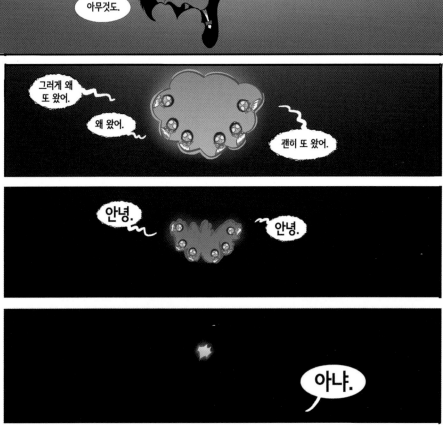

트레이시 언니!
구하러 왔쪄!

바네사?!
..쪄?

뭐야, 너!
기껏 꺼냈더니!

팔은 그게 뭐고!
빨리 안 돌아가?!

안가!

언니 없음
절대 안가!

시끄러! 이 안엔
한사람 밖에 못있는..

아닌가봐여.

아니라고?

그냥 나도 들어가게
되던데..

아..

중얼중얼중얼
시끄러.

253

기분 나빠.

다른 사람과 웅얼 대지마.
아동바동 대지마.

넌 그럴 자격 없어.

어.. 설명하기
좀 쪽팔린데..

저 가짜 언니는
뭔가여?

그럼 설명하지 마여!

뭐쨌든 언니 괴롭히면
다 짤라버릴꺼야!

.. 너 왜 갑자기
허세등등하나?

쫑알쫑알
화기애애.

다 잊어버린 듯이.

다른 생각, 다른 얘기
해대지 마!

뿌글..

254

다 잊어버린 듯이
행복하게 떠들지마.

'그럴'자격 주지 말라고,
이 애새끼!

!!

하지마.

넌 나만
죽어라 괴롭히는 게
목표 아닌가?

...

그런 얼굴
그런 말투 짜증나.

아무렇지도 않게
팽개 쳐놓고,

너 때문에,
너 때문에..

미안해.

?

맞아.
다시는 못 만나.

닥쳐!

다 소용없어.
끝이라고, 절대, 절대
못 잊게할거야!

안 잊을거야.
영원히 못죽게 하던
맘대로해.

나한테만
맘대로 해.

똑같이
굴어서 뺏지 말라고.

똑같은 실수 하지마,
레드.

다신 없을 줄 알았는데 ..

이번엔 절대 잃어버리지마.

...

쿨한 척하긴.

너한테 말 안한 비밀폭탄을 보면..

개빡쳐서 정신줄 다 놓을거다..하!

258

거..거울이..

다행이네요.

그, 그건 그거고!
이 거울, 1회용인거야?

언니, 우리
다 살아 왔어여!

살아따!   살아따!

말도 안돼!
두달을 연구한 건데!

돌아왔네요.

259

잘 됐네요.

...

연구비로 세단 한대가 들었다고, 알아?!

잠깐..!

잠깐만!

기다려!

잠..깐!

너..

너는..

..저쪽에도 없어?

없어.

여행 하면서 자기 혼자 어딜 그렇게 다니는지.

아빠가 그렇지, 뭐.

261

아, 문자다.
오빠가 아빠 찾았대.

!

중국집에서
예약 하고있었..

엄마?

왜 그래?

90년대도
아닌데 저런 자켓을
아직도 입네.

아, 그치?
나도 완전 놀람.

중국집 예약했대?
하여간..

바다까지
놀러와서 중국음식
이라니~!.

살아 있었..어.

계속 살아 있었어.
나 같은 건 다 잊어버리고.

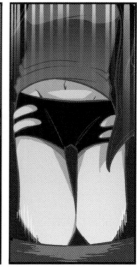

다행이다.

다행..

고마워.

언니,언니!
아까 스테이크
있댔져?

다 들었찌!

안 먹는다며.

다 먹을꺼야!

죽었다 살았으니까!

NEXT

여기?

여기!

포르말린과 90년대의
냄새가 나.

설탕조림
자두 냄새도.

'피통'이 집에
없네.

기다리면
오겠지, 뭐!

기다린다..

266

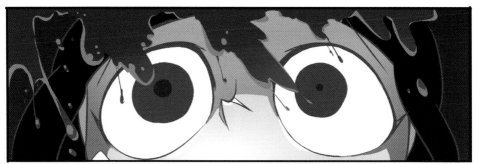

안녕, 비누.

문 좀 닫자.
좀 추하니까.

...

....!!

...

왜! 왜 그런거야,
마귀할멈!!

..마녀가 된
이후로..

'세수' 를 놓치면 얼굴이
갈라지는 체질이 됐어.

그런데 몇주전에
우연히 이 사람..

이름이 뭐니?

여튼 이 사람의 피가
내 피부에 영구적인 생기를
돌려주는 걸 알게 되었고 ..
뭐, 결국.

이제'세수'를 했으니,
더이상 그런 꼴로
살지 않아도 될 것 같아.

해피엔딩.

고작 얼굴 때문에, 얼굴 때문에!!

정신병자!! 사이코!

땍땍거리지 마.

시끄러우면 스트레스 쌓이고..

..얼굴..

..갈라지니..

까..?

으악!!

..안돼.

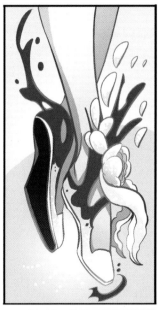

이젠 됐어.

지긋지긋해.

전부
없어져버려.

제이제이!

또 야밤에 이웃집 훔쳐보는 거야?

아빠가 그랬잖아!

사생활 예절이란 적당한 무관심과 욕구조절에서..

린지 누나. 시끄럽고, 좀 봐바!

?

완전 영화같아!

저게 뭐지?!

어디있니?

집도 좁아서
숨을 곳도 없을 텐데.

거기?

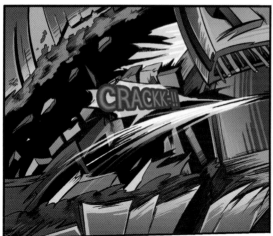

CRACKK-!!

음. 좋아. 그럼..

이걸 중심으로
집을 두동강 내야지~.

약 올라서라도
나올껄.

마귀 할멈!!

바보 아냐?

마녀를 둘이나 없앴다는 건 거짓말이니?

마녀를 죽일 수 있는 유일한 약점은 악마 문신.

그걸 찾지 못한다면 모든 것이 무쓸모.

시끄러, 알아!

끄아악!!

바보 확정.

아앗!!

하긴, 주인공에게
덤비는 불쌍한 조연들의
전형적인 특징..

ㅇㅇㅇ..!

입 다물어,
각질 덩어리 마귀!!

얼굴가죽만 간신히
붙어있는 마귀할멈 주제에
주인공, 주인공..이..

마른 비듬 냄새나는
검버섯 숭숭 퇴물!!

POTT!

찾았다.

...문신.

알고 있었니?

아니!

마귀할멈한테
마귀할멈이라고 한 건데?

.. 그래.
그렇구나.

'할멈'은 말고.

그냥 마귀.

난 잘못 없어.

네가 먼저
그렇게 불렀다.

간식타임!

체리파이! 기억나?

온실에서 놀고 있으면 보니가 아이스크림까지 올려서 줬잖아!

기억나.

어디서 난거야?

여기서.

다 끝났어!

쇼는 끝났고 커튼콜도 없고.

집에 돌아와 파이나 먹고 쉬는 것 밖에 안남았지.

인기있는 쇼도 아니었어. 실패한 코미디, B급 신파,

주인공도 못생겼잖아!

끝났으니 파이나 먹고 잠이나 푹 자자!

으앗!

TAP!

얼굴만 공격하면 된다..

그 생각 뿐이지?

그게 말처럼 쉬울까?

?!!

제 몸 지키기도 힘들텐데.

생쥐.

쥐덫 속에서 부질없이 버둥대는 생쥐.

하지만 그것도 너무 오래 버둥댔어

생각났냐?

그래도 끝인걸!
주연 하나가 무대에
남았던 말던.
앵콜은 없..

까지마!
다시 살려내!

겨우 편해졌는데.
그걸로 된 거 아닌가?

질질 끌지마!

다시 살려내기나 해!
전에도 했잖아!

무슨 말 하는 지 알기나 하냐?
내가 왜 다시 살렸지?
영원히 고통 속에 살라고..

닥쳐, 알아!

제이제이! 거기까지 아직 멀었어?

엉. 그러게 아빠가 말할 때 면허 좀 따 두지.

운전은 무섭단 말야!

새벽 자전거도, 치안이 불확실한 낯선 동네도, 맨눈에 안보이는 정체불명 초자연현상도!

으앙~!

역시!

캠코더에도 보인다! 유리를 통해서만 보이는 걸까?

REC

몰라! 무슨 일인지도 모르면서 단지 궁금하다고 무작정 카메라 들고 가는 건 엄청 위험하다고, 제이제이!

그러는 린지누나도 같이 가주고 있는 주제에!

나? 난..

그러게..

왜 가고있는 걸까..
난..

왜지..?

너..

아직 덜 죽은 거야?

?!!

아니.

그냥 죽었다 살아난 건데.

..기억났다.

전에도 팔이 동강동강 잘리고 몸이 동강 났는데도 살아 있었지.

완전히 죽였지만 다시 돌아왔다..

그 말은..

나는,
네 피를 얻었던
나는..

영원한 아름다움을
되찾은 거야?

돌아갈 수 있어?

!!!

아닌가본대.

트레이시 언니!

언니가 완전 죽어버린 줄 알았잖아!

어, 어쨌든 돌아왔..아니. 안 죽었잖아!

근데 저 마녀, 문신이 얼굴에 있는 건 어떻게 알았어여?

저거 마녀였냐? 그냥 아름다움 어쩌고 하길래 재수 없어서 뜯은건데..

오..

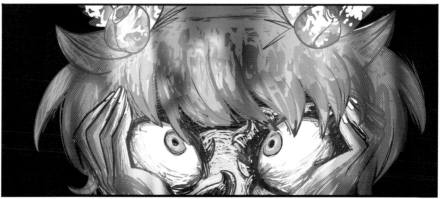

왜 그런 축복이 너같은
흉물에 내려진 거지?

추..

축복..

흐..

하하하하하!!
웃기는 새끼 다 보겠네!

하긴,
이제 와선 상관없구나.
중요한 건..

...

뭣도 아니고 고작
네놈 죽이자고 내가
되살아났다는 거지,

죽은 사람 소원
좀 들어주라.

305

글쎄. 전에도 말했던 너랑 닮은 짜증나는 누구랑.. 화해 비슷한 걸 했거든.

?

여튼 걔도 나도 서로 덜 싫어하고 안 잊어버리기로 했는데.. 아, 몰라!!

이것 봐!! 다 찍었다?!

봐, 막 파란 빛이 번쩍번쩍 거려서 다 부수지!

...

외계인이야? 나쁜 놈이었지?! 죽였어!?어, 어?

어, 언니이~

동생이야?

엉.

소심한가보다.

전직 왕따.

아냐!!

그런데 진짜. 집이 박살나서 어떡해?

촌년.

뭐?!

나, 나한테 욕한거야?
왜, 왜?!!

오!
여기 쪼그맣게
내가 보인다!

아냐, 그건 카메라에
파리 붙어 죽은거야.

:: 모두모두 고마워요::
::트레이시와 바네사도 고마워::

HELLO ZOMBIE 2
MIMI::그림

초판 2쇄 발행 2021. 8. 9.

지은이 MIMI
펴낸이 김병호
일러스트&디자인 MIMI
마케팅 민 호 | **경영지원** 송세영

펴낸곳 주식회사 바른북스
등록 2019년 4월 3일 제2019-000040호
주소 서울시 성동구 연무장5길 9-16, 301호 (성수동2가, 블루스톤 타워)
대표전화 070-7857-9719 **경영지원** 02-3409-9719 **팩스** 070-7610-9820
이메일 barunbooks21@naver.com **원고투고** barunbooks21@naver.com
홈페이지 www.barunbooks.com **공식 블로그** blog.naver.com/barunbooks7
공식 포스트 post.naver.com/barunbooks7 **페이스북** facebook.com/barunbooks7

바른북스는 여러분의 다양한 아이디어와 원고 투고를 설레는 마음으로 기다리고 있습니다.